La marejada de los muertos y otras pandemias
microcuentos

La marejada de los muertos y otras pandemias
microcuentos

Ana María Fuster Lavín

EDICIONES SANGREFRÍA

Título: *La marejada de los muertos y otras pandemias*
© 2020 Ana María Fuster Lavín
© Ediciones Sangrefría

Edición y corrección: Luis Rodríguez Martínez

Todos los derechos reservados. Ninguna parte de este libro podrá reproducirse o transmitirse en forma alguna, electrónica o mecánicamente incluyendo fotocopia, grabación u otra información almacenada por sistemas informáticos no conocidos, sin permiso escrito del autor, excepto por un escrito en el que desee citar breves pasajes con relación a un trabajo para ser incluido en una revista, periódico o transmisión radial.

ISBN: 9798657482768
Diseño de portada: Patrick Oneill
edicionessangrefria.com
Impreso en Estados Unidos

A Miguel Marín-Fuster,
por la aventura de crear nuestro universo paralelo

A María de Lourdes Javier
y José H. Cáez-Romero,
gracias por el misterio de esta hermandad energética
incondicional que rompe
los espejos y la soledad

A esos extraños extraterrestres que somos
quienes todavía no entendemos
cómo llegamos a este momento...

Y a Cleopatra Jones y SofiLuna por llenar de
ternuras el agradecido distanciamiento humano

Contenido

Prólogo   11
- ♥ 250 palabras   15

I. El insomnio y otras pandemias
- ⇓ El maestro no tiene quien le escriba   21
- ⇓ Antropofobia   23
- ⇓ "Sigo afuera"   25
- ⇓ La manada   27
- ⇓ La muerte del último insomnio   29
- ⇓ El vuelo de los pelícanos   31
- ⇓ ¿Cuánto pesa la sangre?   33
- ⇓ El amor en los tiempos de la cuarentena   35
- ⇓ Conducta en los velorios   37
- ⇓ Crimen y castigo   39
- ⇓ Lo que importa   41

II. En cotidiana necrópolis de los comunes
- ♠ La piel que habito   47
- ♠ La muñeca de Alejandra   49
- ♠ La vocación 1   50
- ♠ La vocación 2   51
- ♠ La vocación 3   53
- ♠ La vocación 4   55
- ♠ Tostadas con mantequilla   56
- ♠ *...and justice for all*   58
- ♠ Siete minutos   60
- ♠ Siete minutos 2   62

- ♠ Siete minutos 3 — 64

III. De vampiros, del amor y los libros
- ❖ Necrofilia — 71
- ❖ La revolución del fuego — 73
- ❖ De vampiros, amor y libros — 75
- ❖ La paloma — 76
- ❖ La mesa está servida — 78
- ❖ El cuervo — 80
- ❖ El espejo — 82
- ❖ Conversaciones con Vampirella Ladark — 84
- ❖ El abismo del corazón — 85
- ❖ Habitación propia — 86
- ❖ Vampiros urbanos — 88

IV. La marejada de los muertos y de nosotros, los extraterrestres
- ♣ Astronautas — 91
- ♣ El mensaje — 95
- ♣ El hoyo — 97
- ♣ La secta — 99
- ♣ El imperio contraataca — 101
- ♣ Reencarnaciones (teoría 1) — 103
- ♣ Reencarnaciones (teoría 2) — 105
- ♣ "El virus fue productivo" (teoría 3) — 107
- ♣ Reencarnación (teoría 4) — 109
- ♣ La marejada de los muertos (teoría 5) — 111
- ♣ Las hijas del mar (génesis sin teorías) — 115

Entre gritos agónicos y susurros de esperanza: La marejada de los muertos y otras pandemias de Ana María Fuster Lavín

La marejada de los muertos y otras pandemias se hace ante nuestros ojos como una serie de piezas desordenadas y caóticas que van formando un enorme rompecabezas, en el cual vemos el espejo grotesco de nuestra realidad cotidiana. Ana María Fuster Lavín nos presenta en este libro de microcuentos una diversidad de microcosmos que dialogan entre sí, y con otros autores. Su narrativa, poética y estilizada en ocasiones; cruda y satírica en otras, expone el mundo en que vivimos con todos sus matices. Se expresa en su voz una honda preocupación por la naturaleza del ser humano, así como una voz crítica de nuestro presente. Sus cuentos abordan el maltrato, el racismo, el abuso policiaco, la búsqueda de la libertad del ser humano y el cuestionamiento existencial ante los cambios abruptos a los que tenemos que hacer frente a diario, todos tan presentes en nuestra sociedad. Entre todos los relatos se perciben guiños de esperanza que entrelazan las historias y sobresalen de entre los horrores presentes en ellas. Los claroscuros permean en este libro, subdividido en cuatro partes: *El insomnio y otras pandemias, En cotidiana necrópolis de los comunes, La marejada de los muertos y de nosotros, los extraterrestres* y *De vampiros, del amor y los libros*.

El libro comienza con un microcuento que funciona a modo de manifiesto, titulado *250 palabras*.

Este número es, en efecto, el límite de palabras de cada microcuento. En los microcuentos que constituyen esta obra literaria se presenta el miedo ante lo desconocido que trae una situación ineludible, como lo es una pandemia, a nuestras vidas. Sus personajes reflejan esa ansiedad e incertidumbre que plantea la llamada "nueva realidad". Somos testigos de las injusticias y los horrores que, de no ser porque las atestiguamos a diario, diríamos que se trata de ideas sacadas de un grotesco libreto del cine de terror. Estos relatos abordan, en términos generales, las reacciones de los personajes ante un mundo que ha cambiado en un parpadeo, dejando de estar jodido para convertirse en una verdadera pesadilla, sin nadie que nos pellizque para despertarnos, ni nos consuele por la broma de mal gusto en que se ha convertido el presente.

    La autora, con su visión única de la realidad que le rodea y una escritura que irradia destellos poéticos, proyecta los miedos, frustraciones y desencantos que viven los puertorriqueños en este libro que, pese a ser breve, nos golpea de forma letal, dejándonos con la sensación de haber presenciado una pieza íntima, pertinente y honesta, de la forma en que nos tiene acostumbrados la autora. *La marejada de los muertos y otras pandemias*, sin dudas, está encaminado a convertirse en un libro fundamental en la bibliografía de Ana María Fuster Lavín.

Luis Rodríguez Martínez
escritor puertorriqueño

Paren el mundo que me quiero bajar...
Mafalda (Quino)

250 PALABRAS

Escribo historias con 250 palabras para sobrevivir a este planeta. Soy como los vampiros, succiono la esencia de cada vida. Unas veces, o al menos intento, rescato trocitos de aliento color sonrisa; otras, suelto mi rabia e impotencia. 250 palabras para nunca perder esa ternura que llena de sueños mi motor querencial. Narrar hasta que las manos se me agotan. Colmar la página en blanco de mis sueños en vuelo libre sobre las palabras, avenidas, calles y callejones, hasta llegar al corazón del otro, sentir sus palpitares, liberarlos de sus dolores, hacerlos reír, aterrarse, vomitar, y hasta acompañarlos en alguna fantasía furtiva. La vibración energética de esta cifra nos salpica empática sabiduría, curiosidad y diplomacia, bueno la necesaria. Redacto para denunciar lo que nunca debió pasar, también para rellenar los rotos de lo olvidado. No todo tiempo pasado fue mejor, quizá nuestro futuro tampoco lo sea. 250 se reduce a siete, el máximo de minutos para decidirnos entre la vida y la muerte. Y es que las balas cuestan menos que un libro; así el color de piel, la hombría o el poder más que un poema. Te asesinan por negro, mujer, transexual, lesbiana, pobre... En la numerología, 250 representa energía cargada de intuición e introspección. Al menos me sirve escribir para no morir en el intento ni asfixiarme de esta pandemia histórica, carroñera. Escribo para mi hijo, para conocidos y desconocidos, para luchar contra el sistema que intenta callar nuestro camino. Tenemos más de 250 razones para ser libres.

I. El insomnio y otras pandemias

Estoy jodida.
Tengo miedo de morir y me atemoriza vivir.
Pabsi Livmar
Teoremas turbios

hubo un contagio de caracteres, un deseo de pertenecer y ser el otro
Alexandra Pagán
Horror Real

Hay tres tipos de personas: los de arriba, los de abajo y los que caen.
El hoyo
(película)

El maestro no tiene quien le escriba

Al Gabo

"¡Mierda!" Gritas. Apagas la computadora. Llevas 115 días esperando el cheque del desempleo, demasiadas incertidumbres. Primero, la secretaria de educación cerró escuelas después del huracán, otras por los terremotos y, finalmente, la pandemia acabó con la tuya y tu trabajo. No te queda dinero para los medicamentos de tu hermano, postrado en la cama, luego de ser atropellado mientras cruzaba la avenida. Todos supieron que fue un legislador borracho, pero no hubo causa para arresto. Te queda un poco de queso, pan y café que compartes con tu hermano, silentes desayunan en su cama. Piensas vender los libros y el carro. "¡Cabrón, cállate!" Te harta el canto del gallo del vecino, quien murió hace cinco días por el virus. Tu hermano comenta que debe extrañar al gallero. Ambos se miran y lo abrazas. Brincas la verja, le queda un puñado de comida en el destrozado saco. No tienes estómago para romperle el cuello, desplumarlo y trozarlo. Habías escuchado que la gobernadora reautorizó las peleas de gallos. Lo metes en un saco al carro. Vas nervioso rumbo a la gallera. *El gallo más bravo ataca, le pica el cuello, un buche de sangre y plumas llueve sobre todos, en el próximo ataque le explota un ojo.*

117 días. El cheque del desempleo sin llegar. Compartes migajas de tus tostadas con el gallo. No llegaste a la gallera, imaginaste la pelea, vomitaste y

regresaste. Entras al cuarto de tu hermano, le preguntas, ¿nos comemos al gallo? ¿Y después?
 123 días... ¡Mierda!

Antropofobia

Pasada la medianoche, las historias danzan en el jardín de los desvelos, despertando a los caníbales, esos insomnios que devoran a la cazadora de sueños. Se alimentan de sangre y rosas, escupiendo sus espinas a la durmiente. Finalmente, la brújula de otro amanecer se libera por la rendija de sus manos. Sus miedos germinan cada madrugada, según despiertan las voces del vecindario. La joven, técnica veterinaria desempleada, mira el despertador, como cada media hora hasta las 6:00AM. Ha vuelto a rasgarse la palma de su manos y juega moviendo en espirales dos gotitas de sangre. "Mija, la pandemia acabó hace cinco meses. Tu miedo al virus es proporcional al miedo a los humanos, no seas irracional", le repite su padre, un siquiatra retirado, en la última llamada. "Lo sé papi, lo prometo desayunaré contigo y mami, en La Gallega". Le gustaba aquella repostería aledaña a la escuela, donde su Elena fue maestra. Suspira pensándola. Elena había conseguido un mejor trabajo en Filadelfia, le pidió acompañarla, pero el miedo a los aviones venció al amor, y se quedó en el carro pasaje en mano. El avión tuvo una avería. Explotó minutos antes de aterrizar. Al regresar a su apartamento, la golpearon, le robaron el carro, prendas y ropa. Cuando despertó, varios vecinos la observaban desnuda y ensangrentada, antes de que llegara la ambulancia.

Tengo que salir, tengo que salir. Abre la puerta, ve algunos vecinos conversando en el portal y se regresa.

Prepara café, escuchando las noticias. Mañana lo reintentará.

"SIGO AFUERA"

A Patrick Oneill

Esas dos palabras retumbaron en su pecho, mientras un olor putrefacto penetraba a través de las rendijas de la ventana. Desde que comenzó la pandemia hacía un mes, aquella peste devoraba cada trocito de su paz. Adriana tenía que tomar una decisión. A los cinco minutos recibe el mismo mensaje:

"Sigo afuera."

"¿Dónde afuera?"

"Adri, por favor, abre... Tengo fiebre, me voy a desmallar..."

Duda. Escucha pisadas a lo lejos. Acrecienta el vaho asqueroso a muerte. No debía abrir la puerta, *quédate en casa, no le abras a nadie...* fueron las últimas palabras de su mamá al otro lado del teléfono, minutos antes de morir, tal como habían muerto sus abuelos. Adriana comienza a sentir pánico. Sus pisadas se congelan según se aproxima a la puerta. Recuerda que Ana había sido la única que le creyó cuando el decano de disciplina le prometió cambiarle las notas si le enviaba fotos de ella desnuda; también fue la única que la defendió cuando le escribieron *puta* en las paredes de la escuela, porque la mujer del decano había enviado las fotos por WhatsApp a los seniors y a sus padres.

"Sigo afuera."

Adriana abre la puerta, justo cuando la cabeza de su amiga estalla bañando su rostro y sus manos.

Empapada de sangre, ve a su amiga convertida en una enorme piscina negra. Pasan otros cinco minutos, su propia sangre comienza a coagularse. El hambre de piel torna en un insoportable silencio. Suena su celular, su mirada borrosa logra leer:
"Sigo afuera."

La manada

"Sigo afuera". Llevaba semanas sin volver a recibir ese mensaje. Adriana salía poco, siempre antes del ocaso, pues la gran peste arropaba el barrio durante la noche, bordeaba el lago de negra viscosidad que devoraba al pueblo. Llegaba al colmado, tomaba únicamente lo que necesitaba, y regresaba sigilosa, trancando la puerta de su hogar poco antes de que la pestilencia fuese insoportable. Cuando se sentía débil, trataba de cazar algún animalito cercano y succionaba su sangre. A veces los dejaba reposar par de días, porque los pequeños coágulos eran ambrosía para su nueva condición y le calmaban los dolores de cabeza cada vez más insufribles. Al cuarto mes, estando en el colmado, escuchó el crujido de una puerta y se abalanzó sobre una niña que intentaba esconderse en el almacén, pero dos hombres la arrastraron a su interior. Para su sorpresa, allí había escondidas más de cuarenta personas. "¿Cómo hiciste para no mutar? Con nosotros, la resistencia, estarás a salvo." Le explicaron que la pandemia había causado mutaciones a gran parte de la población. "Como si fueran zombis, nos comen" interrumpió aquella niña. "La manada fue un proyecto multinacional que se les fue de las manos, o al menos así se excusaron. Unidos venceremos, lo hemos hecho antes". Cada noche los murmullos y la peste acrecentaban, Adriana no se fiaba de esta gente, según la fiebre le mordía sus órganos.

"Sigo afuera", después de semanas, otra vez ese mensaje, justo de antes de comerse al último miembro de la resistencia.

La muerte del último insomnio

A Justin Jesús Stgo

¿Qué es soñar? Somos pequeños insomnios robados a una pesadilla.

Él escuchó mi último pensamiento antes de ser devorado por una Esperanza, que así nombró el Gobierno a la pandemia final. Cada vez somos menos. Al menos esas no escuchan nuestras voces interiores. Deambulamos sobre la piel de los muertos-vivientes.

¿Qué es hablar, sin dolernos el camino?

Otra consecuencia pandémica fue la paulatina mudez. Nos desgarraron una a una cada palabra, en un insufrible suplicio, hasta convertirnos en murmullos. La penúltima voz de mi mente dijo que la amaba. Amar como amo no está permitido. Irremediablemente, la enfermedad de la Esperanza drenó a mi amada y su bella sonrisa, hasta la mudez final. Amar es un verbo finiquitado. Todos olvidaron cómo sonreír. Somos insomnios neutros, afásicos e inexpresivos; además, nos arrebataron nuestros géneros.

¿Cómo morir si ya nadie duerme ni despierta?

Durante la pandemia de las Esperanzas, los muertos-vivientes transportaban a los pocos que quedábamos hasta el Abismo, lugar donde —después de perder los verbos, los sueños, las voces, el género y la sensibilidad— nos arrojaban para desaparecernos. Al menos, eso me contaron antes de quedarme sola. Ya sentía el ardor de la luz, según me acercaban hacia esa muerte que nos consume hasta la apatía final. ¡Escuché un susurro, queda otro insomnio! Mientras queden más, tengo que luchar. Finalmente soñé hasta despertar. Renació mi cuerpo, mi sexo, acaricié mis labios, sonreí palabras.

"No te vayas, la esperanza es otra cosa", grité al último insomnio antes de arrojarse al Abismo.

El vuelo de los pelícanos

> *Revolotean pelícanos sobre mis absurdos.../*
> *Picotean en la oscuridad al final de la luz, sin mar, ni poesía.*
> —Samuel Burgos Lugo

Día 30/Aislamiento social. 2AM. Regresan los pelícanos. Atormentan mis insomnios. Vienen y van, zambulléndose a pescar mis recuerdos y querencias. Lentamente, olvido los nombres de amistades, de sitios donde estuve y hasta mi capacidad de escribir poesía. 2:15. Me abofeteo para frenar el llanto: quise ser poeta. 2:55. Hay fósiles de pelícanos tan antiguos como 30 millones de años de antigüedad. Nos protegen contra las serpientes, como esas que me penetraron a los 12, 13 y 14 años, impregnándome de pesadillas, de seres diminutos que habitan en mi sangre. A veces me rasgo la piel para liberarme de ellos, me muerden duro para que recuerde cuando aquel vecino se metía en mi cama. 3:33. Grito fuerte contra la almohada, así no me escuchan las sombras. 4:22. Parada sobre la barandilla del balcón, mi playa en susurros de mar finalmente sobrevive sin humanos. Solo pelícanos multiplicándose. Estoy sola. 4:30. Los antiguos egipcios sabían que estas aves transitan entre la vida y la muerte, guiando a los muertos desde el mundo terrenal hacia el inframundo. 4:43. Los pelícanos vuelven a mí. Me invitan a volar con ellos, como cuando me rebané los brazos. Mi mejor amiga de la infancia, hija de mi violador, evitó mi tránsito de alcatraces. Ella desapareció a los dieciocho años. 5:15. Los pelícanos pescan mis versos robados al silencio mientras me invocan: ven. 5:20am. Ven. 5:30. Ven. 5:45. Voy. 6:00. Suena el despertador, pero ya no tendré que levantarme más. ¿Será que el poema atravesó el puente?

¿CUÁNTO PESA LA SANGRE?

Le gritó su padre a su mamá antes de pegarle fuego, por haber manchado la cama en un accidente de la menstruación. Marina se sirvió un vino mientras recordaba las golpizas paternales. Al escaparse de la casa, previo a incendiarla mientras su padre dormía una borrachera, juró que nunca volverían a golpearla. Apagó su cigarrillo y regresó a la habitación, sentándose en una butaca cercana a la cama. Estaba rabiosa. Su novio, el abogadito del bufete de moda, la había vuelto a abofetear por negarse a cambiarse de ropa, porque a él le parecía mal que se vistiera de rojo para una teleconferencia legal. La cuarentena junto a él había sido un verdadero suplicio. Esa misma tarde, mientras la secretaria le buscaba los datos de un caso, escuchó a través del teléfono al fiscal —el mismo que, cuando eran universitarios había intentado violarla en el baño de la escuela de leyes— riéndose de ella a lo lejos, mientras hablaba con el juez de turno. Desde la butaca, ella lo observaba, dormido como un bebé. "Quisiera fumarme la noche y convertir en cenizas a esos malditos", pensó. Respiró profundo, mañana tendría que reunirse con ambos para negociar un caso. Miró hacia su habitación, de la cama asomaba un fino hilo de humo que danzaba hacia el abanico. Encendió sonriente otro cigarrillo antes de abandonar la habitación. Cerró la puerta del apartamento, gritó "y ahora, ¿cuánto pesa la sangre?"

justo al activarse la alarma de incendios. Siguió su camino hacia sus instintos.

EL AMOR EN LOS TIEMPOS DE LA CUARENTENA

Puñeta, ¿de verdad esto está ocurriendo? La cuenta de los días aguijonea mi pecho. 40, 50, 60 días... Al principio informaron en la radio que duraría más de un año. La emisora salió del aire. Ha muerto demasiada gente. El televisor transmite solo programas enlatados, suspendieron los noticieros. Vislumbro a lo lejos la avenida, nadie. Abajo en el estacionamiento, los mismos carros llenos de hojas y salitre, el jardín con las hamacas para leer, nadie; una bicicleta abandonada en la acera, nadie. Es un vacío de soledad que me arroja al vértigo de la incertidumbre. N A D I E.

Llegué a pensar en arrojarme al balcón, pero la vi. ¿Cómo no me di cuenta antes? Sí, es una vecina en el condominio de enfrente. Sale a las mismas horas, a veces me mira, otras, trata de imitar mis gestos. Le grité: ¿qué está pasando? Me observa en silencio, nos sonreímos y nos retiramos a la vez. Una cosa llevó a otra, y comenzamos a coquetearnos. Bebemos vino brindándonos, nos tiramos besos. Anoche, hasta nos enseñamos un seno y reímos como adolescentes. Ahora mi cama se puebla de su sonrisa, no me había tocado desde que comenzó esto... Empapada de mí, salgo al balcón y ella también, de seguro me pensó. Siempre silente, bella. El viento esta madrugada está bestial, casi huracanado. Le grito: "entra a tu casa". Una violenta ráfaga la arroja desde el balcón al piso, rompiéndose en mil trocitos de cristal.

No pienso quedarme sola de nuevo.

Conducta en los velorios

A Julio Cortázar

No fue por determinar quién lloraba más, ni por el café o las donas, sino para tener a quién abrazar. Siempre fuimos una comunidad sumamente cariñosa. Finalizada la pandemia, la única actividad social permitida con contacto físico, eran los velorios, aun cuando el ministerio de salud aseguraba que la enfermedad no fue significativamente mortal. La cotidianidad transcurría por ley en un estricto distanciamiento social, reubicándonos a solo un individuo por hogar. Apenas quedábamos en nuestro pueblo trece personas. Nos organizamos —todos, excepto el alcalde, cuñado de la gobernadora— para acudir mensualmente a actos fúnebres, pues la falta de abrazos nos provoca ansiedad severa. Escogimos al maestro de español, quien había quedado desempleado, para que buscara por internet obituarios de los pueblos aledaños. Como la ordenanza gubernamental solo permitía doce asistentes, sin contar al muerto, nunca íbamos más de tres a un mismo culto fúnebre. Nunca perdimos el protocolo, según la naturaleza del acto mortuorio, abrazábamos a una o más personas. Si el difunto había sido una buena persona, nuestros abrazos iban acompañados de lágrimas solidarias. Lamentablemente al par de años, el alcalde nos sorprendió cuando regresábamos del funeral de una bailarina famosa. Acto seguido, la Autoridad de Carreteras cercó nuestro pueblo con enormes vallas anaranjadas, impidiéndonos salir. Al sexto mes padecíamos enormes costras y alopecia. Nos urgía un velorio, desesperados realizamos una videoconferencia de vida o muerte. Nos observamos durante quince minutos sin parir palabras. *No puedo más*, lloró la más anciana. Sin más, gritamos al unísono: ¡El alcalde!

CRIMEN Y CASTIGO

*A Iván Clemente, Giovanni Roberto
y a la Colectiva Feminista en Construcción*

Cuando sientes hambre tu cuerpo te grita, devora tus cotidianidades; tu misión es comer para proteger las células de cada órgano. Lo viviste de niño. Te diriges a tu comedor clandestino, donde con otros voluntarios repartes alimentos y agua fresca. Van encapuchados, no solo por cubrirse del virus, sino porque el gobierno prohibió hace meses abrir comedores públicos y escolares y repartir cualquier producto sino era a través del legislador asignado del partido en el poder, so pena de ser arrestado, multado y condenado a seis meses de prisión. Además, expusieron en el Senado, que en el país solo pasa hambre el que quiere. No te sientes un rebelde, solo humano. Después de cuatro horas, han repartido cientos de libras de comestibles. Quedan pocas personas, decides descansar, pero se acerca una niña de unos doce años, sin mirarte a los ojos, te pregunta: "¿qué te hago? No tienes enfermedades, ¿verdad? Puedo chupártelo y, si me das otra bolsita de comida para mis hermanos, me lo puedes meter por atrás". La isla se te atora en las vísceras, piensas que ella tendría que estar en la escuela, pero la del barrio fue cerrada por demasiadas pandemias. Detrás del contenedor hay otros tres menores. Te secas las lágrimas, preparas otras cinco bolsas con víveres y sopa.

Se las entregas. En ese momento, llega la policía, bruscamente, te mete esposado en su patrulla. La niña observa a lo lejos, "¡no se lo lleven!", mientras una lágrima baja por su rostro.

LO QUE IMPORTA

> *Never cared for what they say*
> *Never cared for games they play*
> *Never cared for what they do*
> *Never cared for what they know*
> Metallica

Estuvimos tan cerca, pero no nos dimos cuenta. Sí, evolucionamos, democráticos y organizados. De niños, portarse bien, sacar buenas notas, deportes, música, oratoria... Los niños son felices porque sí, los adultos exigen que sean lo que quisieron o lo que creyeron ser. Después a la universidad, a estudiar por un futuro dictaminado. Luego, trabajar para casarte y tener hijos, seas hetero o no, te gusten los niños o no. No importa. Trabajar para mantenerte, para mantener al gobierno. De la escuela a la casa, de la universidad a la casa, del trabajo a la casa. Con esporádicos momentos de libertad condicional para pequeñas diversiones. Siempre estuvimos en cuarentena. Nos obligaron a ser como quisieron nuestros padres, maestros, curas, gobernantes, todos nos fallaron. Faltó la esencia, eso que no se ve, pero está en uno. Cada etapa fue una pandemia distinta. En ocasiones, nos autoinmunizamos y nos revelamos, luchamos contra el gobierno, vivimos amando a nuestra manera, rompimos las mal llamadas tradiciones por el bien de las mujeres, la equidad, los pobres, los animales. Después de protestar regresábamos al confinamiento, y a una nueva enfermedad. Excesivos ciclos, esos espirales nos llevaron al final. Nunca me importó lo que pensaran los demás, sí luché por las causas sociales y las mías. Dejé de escuchar sus voces. Descubrí lo que importa, lloré iluminada, radiante, feliz. Acabé mi propia epidemia. Salí del encierro para contarles, decirles, explicarles, pero todo había terminado. No queda nadie, siquiera mis gatas, para explicarles, para demostrarles lo que importa.

II. En la cotidiana necrópolis de los comunes

"El asesinato no tiene que ver con la lujuria ni con la violencia, sino con la posesión"
—Ted Bundy

*"La quería así, evanescente.
Quería la búsqueda.
No el hallazgo."*
—Rafael Acevedo
Exquisito cadáver

LA PIEL QUE HABITO

A Pedro Almodóvar

Antes de ir a almorzar con tu madre, observas absorto el cuerpo de tu amante. Disfrutas de su belleza pese a llevar tres días muerta. *"No me gustan las amenazas porque me acaban contagiando"*, le advertiste, igual que a tu exesposa Marilia hace siete años. Vera creyó que haría lo que quisiera contigo. Mírala, igualita a esas porcelanas que te hacía comprarle en cada viaje.

"Llegas tarde. Nunca debiste enamorarte de Vera, es un clon de tu difunta Marilia", te saludó. Tan orgullosa, no te ha visitado desde la desaparición de Marilia. Siempre sermoneándote, "el matrimonio es para toda la vida". Y tú repites "madre, no sigas, mi corazón es y será de Marilia, pero la soledad me fatiga". Te fastidia su manía de almorzar contigo donde conoció a tu padre. "Habitas la misma piel que mi difunto marido y ¿sabes cómo terminó?, en un puñetero manicomio". Ella, tan insufriblemente hermosa, tan dolorosamente asertiva. Le das un beso en la frente y pagas la cuenta.

Regresas a la habitación, suspiras ante la belleza de Vera. Extraes sus fluidos corporales, con cuidado y amor. Abres delicadamente su abdomen, sacas sus órganos con la magia del excelente cirujano que eres. La suturas bien, la embadurnas de crema hidratante, mientras llenas su cuerpo con formaldehído y metanol. Escuchas tocar a la puerta, mientras colocas el cuerpo de Vera en un silla junto a Marilia y otras seis mujeres disecadas. Bajas tan entusiasmado las escaleras, que casi te caes.

—¡Manuela, llegaste a tiempo!

La muñeca de Alejandra

Mi nombre es Alejandra y ella es Beca. Muchos se ríen de mí, porque ella está vieja y rota, y porque soy gordita y tartamudeo, pero ella da la vida por mí y yo por ella. A veces le tengo miedo, se molesta conmigo cuando tomo puntual mis medicinas. Deja de hablarme durante días. Se queda inmóvil como una muñeca corriente. En el último hogar de acogida, el papá de turno casi mata al perro golpeándolo con Beca, por accidente tumbó su botella de ron mientras jugaba conmigo. Él murió al caerse por las escaleras, mientras todos dormíamos. Lo encontraron con el cuello roto y mi muñeca sobre él. A mí me trajeron de regreso al orfanato. Los niños se rieron, porque estaba aún más gorda y a la muñeca ahora le faltaba un ojo y los dedos de los pies, además estaba manchada con sangre de distintas épocas. Los demás huérfanos no saben que el espíritu de Beca vive en mi oído, me cuenta sus miedos y los usa para aterrarlos en las noches. Hoy se pasaron. Tomás y Sonia echaron un purgante a mi sopa, con el pretexto de que querían que rebajara. Mientras veíamos la película de la noche, Beca se robó todas mis asenapinas, las machacó, echándolas en la leche de ambos. Me acusaron, pero ellos no volverían a maltratar.

Me ingresaron al reformatorio hasta los dieciocho años, pero le regalé mi muñeca a la niña nueva que llegó al orfanato y ella también es esquizofrénica.

La vocación

Soy culpable, pero me declararé inocente. Hay muchos como yo. Estaba aburrido de que no dieran conmigo. Sencillamente me serví una copa de vino y llamé a la policía para dirigirles a las pistas, incluido el cuerpo y la toalla con la que me limpié. Quise ser obvio. No así con aquella prima o con la estudiante de derecho, ni las otras quince mujeres. Si escuchas mi historia te diré dónde están sus cuerpos. Es un placer sagrado planificar el engaño perfecto, elegante, casi con tierna ingenuidad. Días antes de que ella muriera sabía que la mataría, soñé con su vagina... Siempre son jovencitas, si han parido se les estira el toto y no es igual. Por ejemplo, mataría y me comería a tu hija, pero nunca a tu madre. Sencillo, las amarras con las piernas separadas, la rebanas de oreja a oreja, un toque perfecto se lleva la tráquea y la yugular. Tan rápido que ni les duele. La sangre te baña el rostro y se orinan, ese es el momento de tocarlas y comerles su sexo. Nunca las penetro, la mejor satisfacción está en mi mente. Al fin de cuentas, igual que a ti te gusta un mofongo relleno de langosta, a tu hija el helado de mangó y a mi mamá le gustaba ignorarme, a mí me gusta matar. ¿No lo comprendes? Digamos, disfrutas de ser abogado, la hija del senador quería ser siquiatra y en mi caso ser asesino se trata tan solo de una vocación.

LA VOCACIÓN 2

A José Luis Ramírez

"¿Cómo carajo comienzo a redactar mi recurso legal?", piensas mordiéndote las uñas. Eres un gran abogado criminalista. Después del brutal testimonio del asesino, solo respondiste que velarías por sus derechos. Vomitaste, al llegar a tu casa. Olvidaste llamar a tu hija. Estabas concentrado en cómo meterle mano a la defensa de ese monstruo. "¡¿Cómo puede decir con tanta naturalidad que su vocación es torturar y asesinar?!" Apelarás por su maltratante madre, su impotencia sexual, sembrarás dudas en el jurado. Fría y calculadoramente preparas tu guion. Te sirves una copa de vino. Te distraes mirando a tu gato cazar una mariposa negra. Recuerdas cuando tu celoso vecino amarró desnuda a su mujer frente a la casa, o cuando aquella maestra atropelló al estudiante sordo, sus trocitos sangrientos desparramados por la avenida, luego ella se pegó un tiro frente a ti y tus compañeros. Pasaste un dedo sobre tu pupitre y probaste su sangre. Recuerdas tu obsesión casi orgásmica por conferencias, películas y libros sobre asesinos seriales. Cuarta copa de vino. Seguro de que lograrás atenuar la condena por demencia. Acabas el vino. Te miras al espejo. Tiemblas, observando gotas de sangre en tus manos, en la camisa. Aunque sabes que es solo vino, te preguntas si te has convertido en un sicópata. Entre llantos, quedas dormido sobre tu computadora. Al despertar, tomas un café. Envías un mensaje de texto a tu hija: "muñequi, te quiero mucho, te recojo el viernes". Ella te responde: "papi, te amo". Meditas cuál es tu vocación.

La vocación 3

LUNES 20/ABRIL. Volvió a sonreírme. Tan alto y guapo. A Matilde no le gusta. Dice que es raro y que está viejo para mí.

MIÉRCOLES 22/ABRIL. Lo volví a ver al salir de la universidad rumbo al hospedaje. No me vio, creo, pero el corazón se me desordena.

SÁBADO 25/ABRIL. ¡Ganamos 3-0! Y mi portería limpia. De regreso, allí estaba él, frente al hospedaje, cambiándole un neumático a su carro. "¿Eres portera?" Asentí nerviosa. "De seguro nadie te mete goles". Reí torpe y me despedí con la mano. Matilde repetía "cuidado Camila", ella y su vocación de siquiatra. La mía, según ella, es enamorarme del primer pendejo que me la coma bien. Ella tampoco ha tenido novio. ¿Cómo sabemos qué es amar?

JUEVES 21/MAYO. Estoy aterrada. Mañana tengo que declarar. Sí, estuve allí. El domingo después del partido, Matilde se puso mi uniforme, él creyó que era yo... yo debería estar muerta... Vi cuando la subió a su carro. Dos horas después me envió un pin. Pedí un Uber. Llegamos a una casucha en Cupey. La tenía amarrada, él estaba de rodillas con la cabeza entre sus muslos. Vi mi uniforme de portera doblado sobre una mesa. Se secó con una toalla, bebió una copa de vino. Sonriente se marchó cantando. Salí de mi escondite. Llegué ante su ensangrentado cuerpo, tomé su mano un rato. "Te quiero, no te mueras".

VIERNES 22/MAYO. Descubrí tarde que la amaba. ¿Y si él sale libre y me mata? ¿De qué sirvió su muerte?

La vocación 4

Subes al tren de la muerte. No puedes bajarte. Respiras pesadamente mientras el hombre tararea contento. Te dice *esto será mágico*. "¿Por qué carajo me puse el uniforme de Camila? Mejor yo que ella..." Solo pretendías demostrarle a ella que él era un pendejo, "dice que le gusta para molestarme". Tu vocación no era ser siquiatra, sino ser lesbiana y morir en el intento de amarla. El salvaje te arrastra por los cabellos desde su carro hasta el interior de una casita de madera. Estuviste tantas veces a punto de besarla, en especial cuando se mudó a tu hospedaje, porque te confesó que se sentía segura contigo. Te amarra desnuda a la silla. Recuerdas la noche del concierto de Lady Gaga, ella te acarició los cabellos; luego, fueron cogidas de la mano en el tren hasta Río Piedras. Te dice excitado que será rápido y placentero, su tufo a vino rancio junto al miedo te hace vomitar. En su último cumpleaños, ella bebió tanto que le dio la llorona y durmieron abrazadas, al despertar besaste su frente, nariz, hasta un piquito en los labios, antes de que despertara. Sientes un doloroso e insoportable ardor, el filo de su cuchillo acaba de rebanar tu cuello, todo se va nublando mientras el hombre se arrodilla, y te abre los muslos. Ves la mirada de tu amiga, observándote como cuando te hacía maldades. Te rompes irremediablemente. Camila toma tu mano entre lágrimas, te dice que te quiere, al menos mueres en paz.

Tostadas con mantequilla

Estas viejas rejas encierran mujeres olvidadas, humilladas, jodidas... ¿Ves mis cicatrices? Han pasado meses y todavía se notan los moretones, llagas, torturas. Entiéndeme, no podía aguantar más sus corajes y abusos. Cinco años de casados, pero mi cuerpo se iba desquebrajando. Los malos momentos devoraron a los buenos instantes, las risas opacadas por amarguras. Aquella mañana me levanté temprano. Hice el desayuno. Lavé la ventana de la cocina y eché el herbicida en el alero. Con tanta humedad nacen plantas por cualquier rendija. No sé dónde lo puse después. Juan debió haber nacido en un desierto. No soportaba ni una sola hojita dentro de la casa. Luego puse la mesa con su mantelito, las tostadas con mantequilla y el café. Preparé todo con tanto amor... Lo desperté. Contestó gruñendo que no lo jodiera y se burló empujándome cuando se me viró el café. Colé otro café bien cargado. Me largué. Deambulé confundida días, hasta que llegaron unos policías. Preguntaron por qué vivía en la calle, llevándome al cuartel. Allí me mostraron fotos: mi cocina regada y un cuerpo. ¿Por qué la cocina estaba así? Él me golpearía. Grité, ¡Juan!, desesperada. Luego me leyeron los derechos. Me esposaron. Insistieron en el herbicida. ¿Por qué? Lo había usado aquella mañana. No entendían que él odiaba que salieran plantitas en casa. Respondieron que él estaba muerto. Reí y lloré. Y terminé aquí, encerrada. Lo amaba, pero nunca le perdonaré en lo que me convirtió. No lo maté. Yo no me hubiera atrevido. ¡No!

...AND JUSTICE FOR ALL

Te exigió el divorcio, harta de tus *bohemias* (reuniones con tus amigos para meterte cocaína y luego señalar aleatoriamente alguna mujer del local, te jactabas de que algunos de tus amigos no pasaban de primera clase, y a veces metías par de cuadrangulares en una noche). Te dejaba por vago. "¿Que ella me mantiene? ¡Nadie humilla a un Montenegro! Cuando nos casamos sabías quiénes eran mis padres, un prestigioso juez federal y una senadora, y los millones que heredé del abuelo. Eres nadie". Te metiste una raya. Saliste dando un portazo. Días después recogiste varias de tus armas de tu encasillado del club de tiro. Radicaste una querella por el hurto de estas, paraste en la bodega y compraste su vino y quesos favoritos y un ramo de flores. La sorprendiste, aunque ella tenía listos los papeles para radicar el divorcio, te arrodillaste al entregarle el ramo, descorchaste una botella y le serviste una copa. Relatabas sin parar anécdotas de cuando eran novios, hasta que ella se quedó dormida en la butaca. Sacaste el rifle y le pegaste un tiro en la cabeza y otro en el pecho. Testificaste cómo viste a un "negrito", parecía dominicano, brincando el muro de la casa, que temiste por tu vida y te escondiste.

Sabes que saldrás de la cárcel. Tu abogado hizo una transferencia millonaria a legisladores de la mayoría. Solicitarás reconsideración. Esta vez, tus influencias lograrán la imposibilidad de un jurado unánime, al fin de cuentas la justicia es para todos.

Siete minutos

"No puedo respirar", suplica agónico. Un guardia aprisiona con fuerza su rodilla contra el cuello del hombre que yace en la brea junto a su carro. "Suéltenlo, ¿no ven que se va a morir?", grita una mujer, que saca un celular y comienza a grabarlos. Los otros tres guardias observan indiferentes, justifican que cuando lo sacaron de su carro, él ya estaba mareado. Era solo un "cabrón negro". Habían recibido una querella de un colmado sobre un pago con un billete falso de veinte dólares, su carro se parecía al del sospechoso. "Me duele todo, por favor suéltame", grita bajo el peso de la blanca mole, quien lo somete durante siete minutos, asfixiándolo mortalmente. "¡Mami, ven!" Siete minutos para exonerarlo con un informe: accidente médico.

"¿Suspendernos a los cuatro?, ¿Por un puerco negro?" En el exterior de su casa, una muchedumbre protesta hartos e indignados por la pandemia racista. "Griten lo que quieran, escoria negra. Solo saben pedir y comer pollo frito, igual que los latinos", comentaba indignado el agente a sus tres compañeros. "Mierda de cuarentena, solo tenemos partidos de futbol americano grabados". "¿Escuchan los helicópteros? Arresten a esa basura, comunistas... eso es su culpa", mientras se tragaba un enorme pedazo de pechuga. No pudo despotricar más, un hueso de pollo se le quedó atorado. Sus amigos gritaban *touchdown*, mientras él les suplicaba "no puedo respirar", a punto de expirar. Sus cómplices compañeros se percataron siete minutos después, cuando una enorme nube de gas lacrimógeno arropaba el salón.

Siete minutos 2

"No puedo respirar", el hombre padecía tal dolor, que se le acalambraban vista, audición y mente. No entendía por qué ese policía le aplastaba el cuello contra la brea. Intermitentemente, escuchaba una risa burlona, también gritos exigiendo que lo soltaran. La sed, el miedo, el dolor y los mareos se unían al unísono, llevándolo por ese largo túnel de oscuridad. Siete minutos. "Mami, ven, ayúdame". Finalmente, murió. A los policías los suspendieron, y se retiraron a casa del abusador para relajarse con un partido de futbol, con pollo frito y cervezas. Nadie sospechó que siete minutos daban para estallar una revolución. El presidente aseguró en su mensaje oficial que no se trataba de racismo, sino de tretas izquierdistas para desestabilizar la nación.

La policía delimitó la periferia del hogar del suspendido, la prensa llevaba horas reportando. *Usted, no puede estar aquí*, advierten a un hombre. "Soy Oscar Polanco, corresponsal de Flash News, mire mi identificación. Sí, también soy negro. ¿Por qué me esposa? Tengo derecho de estar aquí, él es mi camarógrafo." *¿Periodista, tú? Malditos negros revoltosos*, escuchó un coro de risas burlonas, que no pudo identificar, pues era empujado hacia el interior de la furgoneta policiaca, junto a otras personas. Les despojaron de los teléfonos, sus mascarillas faciales. Allí, lo encerraron en una celda, hasta que el abogado de la cadena llegó. Al salir recibió una confidencia: el susodicho agente abusador había muerto atragantado con un pedazo de pollo, poco después una bomba de humo explotó en su residencia.

Siete minutos 3

"¡Ningún puerco puertorriqueño le quita el puesto a mi hijo!" Las palabras de su padre, acompañadas de un limpio puñetazo, rompieron la nariz y un diente al entrenador. Siete días después el docente deportivo fue trasladado de escuela y Bryant nombrado nuevamente capitán del equipo. Cuando su padre le explicó cómo los latinos, la mayoría violadores e ignorantes, le robaban los trabajos a la decente clase blanca trabajadora, ya Bryant junto a su corillo habían torturado a dos compañeros de clase mexicanos, porque los vieron besándose en el baño, e incendiado el carrito de *hot dogs* de un inmigrante senegalés a la salida del campeonato. Al graduarse ingresó a la academia de la policía. A sus veintitrés fue condecorado por rescatar a la hija secuestrada de un senador, pero al poco tiempo fue trasladado de ciudad por torturar a un inmigrante indocumentado; al año, nuevamente reubicado, siendo identificado como miembro de un grupo de "cazadores" en la frontera con México, quienes habían dejado morir de hambre a una mujer guatemalteca embarazada. Conservó dos años su expediente limpio, hasta la tarde que recibió en su patrulla el aviso de un sospechoso de fraude. Era "un negro más", a quien sometió a tal fuerza que le provocó la muerte y esta, a su vez, revueltas civiles. Indignado por su suspensión, permaneció en su hogar. Siete minutos después de meterse un trozo de pollo a la boca, murió atragantado, en medio de una nube de humo. Ya ninguna minoría le quitaría el puesto.

III. De vampiros, del amor y los libros

*Las palabras son así, disimulan mucho, se van juntando
unas con otras, parece como si no supieran adónde quieren ir,
y de pronto, por culpa de dos o tres o cuatro que salen de
repente, simples en sí mismas,
y ya tenemos ahí la conmoción ascendiendo irresistiblemente
a la superficie de la piel y de los ojos.*
José Saramago

*La muerte es un espejo que refleja las vanas gesticulaciones de la
vida. [...]
Nuestra muerte ilumina nuestra vida.
Si nuestra muerte carece de sentido, tampoco lo tuvo nuestra vida...*
Octavio Paz

...porque ver la tiniebla es tener su luz.
Fernando Pessoa

Necrofilia

Mis palabras se desangran. Como si al concluir cada cuento, cada poema, muriera una y otra vez desprovista de otra historia o de un verso. Me doy un pequeño corte en el brazo para confirmar que mi sangre no es tinta. Aún estoy a tiempo de decidir y el filo del cuchillo brilla cautivador como esa historia que obliga a ser apalabrada. ¿Será que los escritores venimos al mundo con una cantidad determinada de historias o de poesía? ¿Son estas las últimas páginas de ese calendario individual? No lo dudaría, la muerte es mi compañera y mi espejo, a quien le dedico escritos, pesadillas, sueños. Somos tantos los fieles amantes de la muerte... Hay amantes tiernos, obsesivos y perversos, amantes platónicos, amantes intelectuales.

En mi caso, la mayoría han sido amantes cabrones y cabronas. No me arrepiento, tampoco de este cuchillo que hoy me seduce. Somos tantos los seducidos por Thánatos —hijo de la Noche y gemelo del Sueño— siempre acompañado de una mariposa como símbolo de la vida futura. ¿Representará esta criatura alada la palabra, que nos bendice y nos eterniza? Es una esencia silente que aparece y desaparece en las noches, y provoca la creación de nuevas realidades y sensaciones. Personajes insospechados, como sombras de la noche, se les aparecen a los escritores para rendirle tributo a ese trance del sueño eterno. Temo entregar ya este libro a la editorial. Se acerca el momento. ¿Vivir o morir? Escribir son esos dos verbos. Es hora de elegir.

LA REVOLUCIÓN DEL FUEGO

A la memoria de George Floyd

Siete minutos después de morir bajo la rodilla de un policía supremacista, pequeños fuegos comenzaron a recorrer el barrio, extendiéndose a otras ciudades, países y universos. Los edificios dejaron de ser refugio. Los corazones de los habitantes eran ahora ese hogar, que a fuerza de amores propios y ajenos ardía en llamas como sus gritos. El fuego habitaba las pisadas de cada persona; las de Ana la condujeron a denunciar a su violador; Mike, finalmente se querelló de su exjefe que lo despidió al saber que es transexual; Matilde y otras ochenta mujeres y menores, escaparon de la trata humana; Pablo y Conchita rescataron a sus hijos enjaulados cerca de la frontera, junto a los de muchas madres y padres. Los vendedores de espejismos quedaron desnudos y fueron exiliados al mundo de los olvidos. Los insomnios de cada persona atormentada comenzaban a evaporarse, tornándose en sueños pacíficos. Al policía que estaba a punto de asfixiarse con un pedazo de pollo, bajo una nube de gases lacrimógenos, lograron revivirlo de un fuerte rodillazo en el pecho y fue encarcelado. El fuego cada vez ardía más fuerte tomando vida, el hombre negro asesinado resucitaba en cada redención, apareciéndosele de frente al policía, a todos los verdugos de cada persona que no debió morir por ser quien es. Cada silencio aplaca el fuego, el tiempo amaina la llama de los recuerdos y sus rabias, los sobrevivientes despiertan sus dudas y pesadillas, renacerán las ciudades de humo. Quedan siete minutos para reavivar los corazones.

DE VAMPIROS, AMOR Y LIBROS

La sangre grita vida en tu vientre. Te saltan esporas feromonadas. Lo reconoces. No hay secretos en mi sarcófago, tampoco en tus pisadas. Nos besamos en estos versos amanecidos y borrachos de sudores desgarramos nuestros secretos. No te quejes. Llevabas tiempo rondándome con deseo. Amanece aun, solo descansa. Mientras la puta muerte reparta el pan, nosotros ayunamos. Mi beso en tu sangre te eterniza en mil historias. Nuestros senderos no se bifurcan mientras nos corramos cuerpo a cuerpo, piel a piel. Cada vez que te hidrates de esta nueva sangre será una carrera a cien millas por hora donde se estrellan las miedos contra el muro. No es hora de que temas. No volverás a mendigar las luces de la locura. Tu luz, mi luz, nuestra luz cosecha destinos. Nuestra sangre pare sueños, pare amor, como esa mirada tuya de ojos infinitos. La muerte ya no entrará en tu palacio. Viniste a mí. Seremos un solo sueño eterno. No habrá dolor en tu pecho, tampoco rencores en mis manos ni maldiciones que violen nuestras luchas. Viviremos por siempre. Sin final, sin retorno, siénteme bajo tu pecho, inmerso en mi piel. No temas al tiempo y a tu sed eterna. Es igual que escribir una novela, temes al inicio, no quieres parar a mitad, colmado de sufrimientos y placer, cuando llegas al final sientes un enorme desasosiego, una soledad tan infinita. No hay exclusividad ya para ti, este libro se le debe a los demás, y mientras leen comienza la cacería.

La paloma

Tuvimos nuestra historia. Era una fogosa amante. Sin embargo, sus celos y extraños ritos góticos diluyeron mi amor. Terminé con ella el día que me prohibió regresar al taller de escritura creativa. Seguíamos como amigas. Me complacía y protegía, claro a su manera controladora. La semana pasada le rompió tres costillas a un compañero con el que me lie hace un año. Por eso le exigí que se alejara.

"Dicen que las palomas negras anuncian la muerte". *¿De qué me hablas?* Mis palabras terminaron hundidas en su boca. "Puedo ser tu perdición", susurró la voz de mi antiguo compañero de taller, mientras metía su mano entre mis bragas hasta humedecerme. Pisadas. La luz se apaga. No le doy importancia. De nuevo, pisadas más cerca. *¿Oíste algo?* "Son tus fantasmas, querida escritora", respondió él, mientras entraba caliente e inmenso en mí. Al abrir los ojos, mi exnovia me miraba, voy sintiendo su cuerpo de mujer, sus grandes pechos acojinados sobre mí, sus delgadas y fuertes manos acariciándome. Muerde mi cuello succionándome fuertemente. Su sonrisa ensangrentada regresa a mi cuello. El agotamiento me vence hasta dormirme.

Escucho el despertador a lo lejos, como si estuviese perdida en un largo laberinto. Me levanto. Estoy sola. En mi cama hay rastros de la violenta madrugada. Estoy viva, suspiro, aunque débil y adolorida. Tomo el manuscrito y lo guardo en mi maletín para entregarlo al editor. Al abrir la puerta hay una paloma negra, muerta. Cierro asustada la puerta. Todo es oscuridad, un eco, nada...

La mesa está servida

Escuchen el ritmo del bandoneón acariciando los minutos de la soledad. Sientan cómo el eco de la sed se desparrama en sus abismos como pequeñas efervescencias calientes recorriendo la garganta, las venas, la boca. ¿Cuántos días llevan sin beber? Esta sed no se sacia leyendo poesía. Ese tango barrunta las manos, recorre los anhelos. No es la libido, es el hambre. ¿Cuántas horas llevan leyendo, para no pensar en la carne convertida en fluidos zigzagueantes por sus bocas? Vean a esa hermosa y saludable pareja entrando al salón, cómo baila sensual esos compases sensuales, antes de ordenar la cena. Se quitan las mascarillas, se besan, ¿quién dijo que el amor entiende de pandemias? Nuestro viejo camarero les indica que su mesa es aquella con dos repletas copas de vino. La noche nos presagia un buffet. Respiren las esencias de esas otras dos parejas que llegan y repiten el ritual del amor, de la sed. Un baile de luna llena ensalitrada al ritmo de sus miradas, hasta también ser dirigidos a sus mesas, al igual que sus copas. Despierten, cierren sus libros. El bandeonista continúa su repertorio, hechizando a los amantes comensales, quienes temblorosos se acercan todos al centro del salón, se desnudan y acarician en un orgiástico tango feroz. Aspiren el espíritu de la pasión, y la presión de la sangre anuncia que la comida está lista, inhalen fuerte hasta el delirio. ¡Queridos lectores, salgan de sus sarcófagos están invitados al banquete! ¿Soportarán el grito final de sus muertes revividas?

El Cuervo

"La vida es mucho más pequeña que los sueños"
—Rosa Montero

El eco de los sueños puede tornarse en graznido de cuervos en las madrugadas, llevándose pequeños trocitos del recuerdo. Lucas se revolcaba en la cama, harto de aquel infernal pajarraco y sus gritos. Comenzaba a rendirse de esperar por María. Ella se encontraba en la capital terminando su tesis, situación que convirtió la relación en un exilio. Los sueños de ella competían con la vida que a Lucas le urgía tener. Temía a la soledad en tal extremo, que comenzó a dolerle la memoria, incomprensible a sus 25 años. Su mente comenzó a filtrarse a través de pequeños rotos, rellenándose de interferencias y silencios. A María le quedaba un mes para presentar la tesis, finalizando así la tregua que le había pedido, ese día lo iría a recoger. María le enviaba cada noche un mensaje expresándole que lo amaba y alguna anécdota, él respondía *"yo a ti amor"* junto a largos mensajes recomendándole libros. Sus palabras fueron reduciéndose paulatinamente.

"Tardaste mucho en regresar, mami". "Lucas, soy María". Recordó que él le había contado que de niño su mamá lo abandonó, que soñaba que distintas aves portaban mensajes de ella en sus cantos. Con el tiempo, dejo de soñarlas, hasta que María se fue a terminar su tesis. "¿Escuchas al cuervo?" "Lucas, no te entiendo". "El cuervo... yo...". "No veo nada, amor...". Calló ante el aleteo de una sombra atravesando la ventana. Sorprendida recogió una pluma del piso, al volver la vista, la recámara estaba repleta de plumas. Lucas había desaparecido.

El espejo

"El espejo es el campo de batalla donde muero todas las noches"
—Richard Rivera Cardona

Desde niño estuvo en el centro de ese laberinto de los espejos que reproducen tu cuerpo una y otra vez con miradas burlonas, condescendientes, acusadoras, comprensivas e hirientes. La operación fue meses antes de la pandemia, esta le había servido de refugio, no tener que ver a nadie, esas distancias que por el momento se agradecían. La medicación había comenzado mucho antes. Trabajaba a distancia, así se comunicaba con sus clientes y su hermana gemela. Fraterna, sí, porque ustedes eran distintos en tantas cosas, ni los mismos deportes, ni la música, ni los programas de televisión, después de graduarse se distanciaron poniendo una isla de por medio. Hoy se reencontrarían. Ella había regresado para su boda con un senador republicano, también diferían en la política. Se acomodó la corbata y fue a abrazarla afectuosamente. Ella, visiblemente incómoda, gritó "llegó mi hermana, Samanta". "No vuelvas a decirme así, estoy harto, mami siempre supo que soy hombre, me ama así. Solo tú y papi me rechazaron, pero él le tenía miedo a su espejo, frente al que se maquillaba cuando tú y mami salían, ese espejo donde cantaba feliz a la Lupe en tacas, papi era bella, y yo siempre fui Samuel, tu hermano". "No arruines mi boda. Dios te va a castigar". "Toma hermanita, que seas muy feliz". Le entregó el regalo de bodas. Al abrirlo era un antiguo espejo de tocador. Ella permaneció minutos frente a este; al volver la vista, ya el carro de Samuel desaparecía a la distancia.

Conversaciones con Vampirella Ladark

A Daniel Torres Carrasquillo y su Aurelia

¡Ay, Vampirella!, tan perra con ese maquillaje dark. La Manuel muere por que le muerdas el cuello y lo que no es cuello. No te hagas la sentimental conmigo, diva... Te observo mientras te maquillas, organizas los colores y dibujas en tu cara todos los misterios de la noche, y sencillísima cuando les cantas tan jevimetalosa... No como nuestra dramática Delirio, que nos abandonó después del huracán para estar cerca de su papá moribundo, pero la Lizza me confirmó que vive con un millonario en Dallas, tan afortunada y desgraciada, solo la quiere de macho. Se sometió, despidiéndose del burdel y de nuestra magia nocturna. La peor forma de vampirismo, chuparle el espíritu a la artista hasta convertirla en su muñeco de trapo. No me digas, exagerada, mira tú y tu historia con la Manuel. Ay, Lizza, aquella noche con ella en el Danuvio Azul, se volteaban a mirarnos pasar, éramos la pareja más elegante de la noche. No me salgas con que morirás solo... lo de la Manuel no es una fantasía sexual con una vampira, no estamos en la secundaria. Fueron tus tacas carmesí, y esos colmillos colmillísimos, cantando *Wake me up inside/ Call my name and save me from the dark*, la misma Amy Lee, se vino arriba. Te pidió matrimonio. ¿El disparo?, debió ser un asalto en el callejón. No va a matarse porque no contestaste, una diva siempre se da puesto, pero el mal de amores es una muerte de la que nunca resucitas igual.

El abismo del corazón

El carro se perdió a lo lejos entre la neblina, habían huido de las sicofonías fantasmales que llenaban sus madrugadas de insomnios, esos que te dicen algo está mal en los otros o en el propio corazón. Según se adentraban en la espesura del bosque, el paisaje se tornaba en una luminosidad azulada. Antes de tomar una curva, Julia vio una sombra que cruzaba y frenó inesperadamente, chocando con algo. Ana giró la cabeza tratando de divisar qué había sido. Al bajarse del carro, aterradas se percataron de que habían estado a punto de caer por un barranco. Se tomaron de la mano, estuvieron allí durante unos minutos ante el vértigo que salía del interior de sus pechos. Se montaron en el carro. Dos noches corridas les ocurrió lo mismo, pero cada día arribaban más cerca del precipicio. A la tercera noche, cayeron en picada, abrazadas fuertemente gritaron lo más alto que pudieron.

"¿Y esos gritos?", preguntó molesta doña Luisa, al entrar a la habitación, "es tarde ya chicas y mañana salimos temprano a Cabo Rojo". *¡Mamá, no es broma, qué fuerte, Julia y yo acabamos de soñar lo mismo!* "Sí, claro, calladitas y a dormir, o llamo a la mamá de Julia para que la recoja tempranito y no hay más *sleepovers*, que ya están muy grandecitas". Luisa cerró, la puerta. Las adolescentes se rieron por lo bajito, sin darse cuenta de que irremediablemente se iban enamorando y eso era lo que las aterraba. Se besaron por primera vez.

Habitación propia

"escribir es reparar la herida fundamental, la desgarradura"
—Alejandra Pizarnik

Cincuenta pastillas después, la muerte ya comienza a besarte la sangre y recuerdos. Dejaste tu carrera como traductora, porque insistes en que necesitas traducir tu espejo. Lo has intentado todo: periodismo, música, pintura, cambiarte de nombre, de amigos, de ciudad, pero solo te hallas en tus cartas y versos. Intentas infructuosamente vaciar tu vida en los libros. No quieres aceptar que los escritores poseemos dos vidas, y posiblemente cientos. Una es la tuya, la que inexorablemente eres; la otra son esas vidas que escribes. El punto entre ambas es cada vez más distante. Aun así, escribes poemas, diarios, historias donde eres otra, más flaca, más bonita, más amada, más definida de género, cuántas más más alternativas, eras menos esas otras, hasta quedarte encerrada en ti. Al fin de cuentas buscabas tener tu propio refugio, tu propia habitación, escribiste poemarios, publicaste tus diarios y fueron tan exitosos, que muchos llenaban sus dolores desplazándolos con los tuyos. Mientras más se vendían, más débil te sentías. Ibas perdiendo las fuerzas hasta para colmarte de miedo, ese terror que te acompañó desde niña. Extenuada pretendiste expulsar todos los infiernos que te quedaban, escribiste hasta desgarrar tu última palabra, solo así saltaste hacia el vacío de ti misma, hasta quedarte con esa inmensa nada y el frasquito de ansiolíticos. Cincuenta pastillas después, llegaste a esa infinita soledad donde se pierde la última inocencia y ya solo eres esa habitación propia, donde alguien pondrá tus diarios en la mesita de noche antes de dormir.

Vampiros urbanos

La ciudad no susurra, grita. Es una amante que se transforma constantemente en distintos rituales. Vive la urgencia y la velocidad. De un instante, como el parpadeo del semáforo, nacen múltiples historias. Así, los escritores nos detenemos en una esquina cualquiera. Observamos el vaivén de personas anónimas, peregrinos de avenidas y rutinas, vagabundos con y sin trabajo reconocido por la sociedad. Nuestra letra absorbe ese sabroso mejunje de locuras donde nadie conoce a nadie y, aun así, siempre detona un poema, un cuento, una novela. Una vez entras a nuestros sueños apalabrados, no podrás prescindir de nuestras páginas: cemento, alquitrán, árboles valientes, gente enrutinada, desrutinada, ruido y silencios. Somos hijos del día y la noche, apalabramos la crueldad que nubla el corazón humano. Nos urge leer, deambular, convivir y desvivir. La sangre de tantos desconocidos, fuertes e inmensos nos preña de olores. En su plasma soñamos, creamos, nos enamoramos. Desde la ciudad, sus apartamentos, tapones, llamadas telefónicas y calor, el amor puede ser tan intenso, como en una casita de madera entre flamboyanes, vacas y palos de mangó. Siempre tomamos tiempo para amar, beber sus glóbulos y crear mundos vivos, iluminados por la palabra y todas las sensaciones, adjetivos, sustantivos... Luego, regresamos a nuestro sarcófago y escribimos entre las sábanas de una madrugada cualquiera y la complicidad de nuestra computadora solidaria. Los escritores somos vampiros. Cuídate de que en cualquier momento te chupemos una historia o que al leer este libro termines convertido en otro muerto viviente de nuestras palabras.

IV. La marejada de los muertos y otras historias de nosotros, los extraterrestres

> "...admiro su pureza, es un superviviente
> al que no afecta la conciencia, los remordimientos
> ni las fantasías de moralidad".
> **Alien: El octavo pasajero.**

> ... el Universo pudo crearse a sí mismo de la nada, como así ocurrió.
> La creación espontánea es la razón de que exista algo,
> en vez de nada, de que el Universo exista, de que nosotros existamos.
> Stephen Hawkins

> "aunque sé que es complicado, porque hay muchísima vigilancia,
> saltar a la atmósfera sin que te vean es casi imposible"
> Bob Giordano

Astronautas

"Estoy segura de que hasta en Marte me pagarían mejor", respondió Claudia al recoger su cheque después de dos turnos de trabajo. Al llegar a su casa, estaba tan extenuada que se arrojó al sofá, ni entró a la habitación de sus gemelas. En la mañana, preparó el desayuno, pero las niñas no respondieron su llamado. ¿No me escuchan? Vengan a comer... Claudia se comenzó a preocupar, ellas siempre se despertaban temprano para ayudarla. *Le dolía demasiado el vientre, se vistió como pudo, se arrastró sigilosa hasta la puerta. No escuchó a nadie y corrió por el pasillo. Encontró a su hermana, pero no se movía. Tomó una botella de agua e intentó darle de beber a su hermana. Estaba delicada, ensangrentada. "Sara, aguanta, nos graduaremos en un año, seremos astronautas ¿recuerdas? No te mueras. Viajaremos juntas a Marte, a la cabrona galaxia, juntas". Llevaban una semana secuestradas en la casa del vecino. La adolescente confirmó que el hombre había salido de la casa y gritó lo más fuerte que pudo pegada a la puerta. Fue rescatada, pero su hermana estaba muerta. Habían rastreado todo el barrio, sin darse cuenta de que estaban a 50 metros de distancia.* Claudia, llorando y aterrorizada, abrió la puerta. Sus hijas dormían. "¡Niñas!" "Buenos días, mamá, qué te pasa ¿por qué lloras?" "¡Nada, cosas mías!" "Mami, soñé que mi hermana y yo éramos astronautas". Claudia besó a sus hijas. Sirvió el desayuno. Su corazón galopaba de dolores y nostalgias. "Algún día viajaremos al espacio".

EL MENSAJE

"Sigo afuera", texteó antes de abordar el avión.

Durante seis meses, Eva enviaba aleatoriamente otro mensaje a números telefónicos y correos electrónicos: "Cuidado te están clonando". Cada vez le contestaban menos personas; la mayoría, burlándose. "So loca, ¿tienes otro ataque de paranoia?", le escribió Matilde, a ella tampoco la volvió a ver. Desde el inicio de la pandemia, el Ministerio de Salud minimizó sus efectos, para que la limpieza humana fuese más efectiva. Eva lo había descubierto gracias a que su novio era hacker, pero Genaro también había desaparecido. Ella se permaneció oculta en su hogar, casi convertido en un bunker. Después de casi medio año, los víveres comenzaban a escasear; sin embargo, no se decidía a salir. *Mañana voy*, repetía. Esa madrugada vio el cielo tornándose en diversos colores y lluvias de estrellas. Durante horas observaba a través de la ventana, hasta que recibió un mensaje "sigo afuera", que la impulsó a salir, una ingenuidad poco común en ella. En la entrada del colmado, la metieron en un saco y trasladaron al hospital. Le realizaron todo tipo de análisis y transfusiones. Un enfermero le informaba, antes de ingresarla al quirófano que los mutantes habían sido exterminados. Al despertar, en un respirador artificial, la doctora le informa "estás a salvo". Finalizada la cuarta cuarentena, Eva fue dada de alta.

Al abordar el avión, observó a sus 850 pasajeras, todas idénticas a ella. Se asomaron a la ventanilla, mientras la ciudad se iba haciendo más pequeñita. "Sigo afuera", fue la respuesta.

El hoyo

"¿Cuál es mi delito, señoría? El fiscal presentó demasiadas acusaciones. Yo solo pretendía regresar al universo. Entiendo que en las redes se rían de mí diciéndome desgraciado, loco. Declaro que cavé durante veinte años, todas las madrugadas. Necesito llegar al otro lado y ser rescatado por los de mi especie, seres de luz. Nosotros somos incapaces de comernos el hambre del otro. Somos incapaces de robarnos el futuro de los demás, tampoco adoramos seres invisibles. Ustedes no entienden la verdad de las estrellas fugaces. ¿Ve señoría?, aquel alguacil, aunque use mascarilla, se está burlando. Lo escucho en mi mente. Leo en mi cerebro todo lo que ustedes piensan. Mi abogado de oficio insiste en que estoy incapacitado mentalmente, que alucino. Testifico que sabía que cavaba en la finca vacacional del gobernador, pero la galaxia es pública. Por favor, faltan solo dos metros para escapar. Señoría, la secretaria de sala acaba de pensar que, además de loco, soy bruto, que la Tierra es redonda y ni siquiera llegaré a su centro. Me rio de su ignorancia, que solo trabaja escribiendo lo que otros dicen. Sí, su señoría, me disculpo con la señora. ¿Que cómo me declaro? Yo estoy aquí por error, en esta corte, en este planeta. Esa es mi declaración."

Días después, logró huir del sanatorio donde lo ingresaron. Se robó una bicicleta y pedaleó durante horas. Llegó a su hoyo. Cavó hasta desfallecer. En la mañana, la prensa reseñó la más potente y hermosa lluvia de estrellas jamás vista.

La secta

Kolob es nuestro destino. Cuenta la historia que de allí vienen los primeros pobladores del universo. Llegaron a la tierra de Tassili n'Ajjer en un teletransportador, al amenizar, este fecundó la tierra brotando un inmenso manantial, creador de ríos y océanos. Ahora que el gran caos arropó al planeta, somos los tripulantes de la salvación. Se reirán de nosotros, dirán que es imposible, dirán que yo les he comido el cerebro. Solo les he demostrado cómo creer en ustedes mismos. Todos somos orugas con potencial de mariposa. Les enseñé herramientas para desarrollar el crecimiento personal, a ser disciplinados en sus trabajos, compartir sus bienes y a interpretar los mensajes ocultos en nuestra biblia: La Guerra de los Mundos. *Por otra parte, morir no es tan terrible como dicen; es el miedo lo que hace temible a la muerte*. Está escrito. No somos fanáticos. Mi delito es haberlos alejado del equipaje humano: familia y amigos tóxicos, la política manipuladora, las drogas, los lujos, la violencia. Nuestra religión es la no religión. Nosotros creemos en la paz universal, en hacer el bien, ahora toca salvarnos. Nos condenarán, se reirán, dirán que fuimos suicidas, pero no fuimos quienes robamos, asesinamos, ni saqueamos los ahorros del pueblo. Somos seres de paz. Nos negamos a permanecer aquí. Hoy es el día. Nos tomaremos el galón de *colyte* con jugo de ciruela, linaza y se vaciarán todos sus residuos de inmundicias terrenales. Mañana en la noche será la hora de partir a nuestro origen, pero volveremos.

El imperio contraataca

La caída del imperio era inminente. Llevaba años atacando burdamente a los antiguos aliados, infamando a su rivales políticos, traicionando a la anterior emperadora, ahora presidenta del senado. Usaba un lenguaje despectivo contra el pueblo, pero los intentos de derrocarlo habían sido infructuosos. Muchos conspiraban sin ejecutar sus planes. Finalmente, su imperio se derrumbó desde su propia casa. Durante sus años, el antes juez imperial, maltrataba a su aterrorizada esposa. La única vez que se atrevió a ir al hospital, lo llamaron, porque Elena presentaba, además de traumas faciales y en el hombro derecho, múltiples microfracturas en distintas etapas de calcificación. Él habló con el galeno, convenciéndolo de que ella fue patinadora de velocidad y se trataba de lesiones antiguas, y se le había ocurrido retomar el patinaje. Le prohibió a su mujer regresar a cualquier tipo de asistencia médica sin avisarle. Además, llamó a Iva, la supervisora de la fundación de mujeres maltratadas, donde Elena daba asistencia legal gratuita, para informarle que su esposa tomaría una licencia para ocuparse de los proyectos sociales del imperio. A esta le estuvo demasiado sospechoso. Esperó a que la seguridad se despistara y entró sigilosa a la residencia oficial. Recorrió las recámaras guiada por los gritos del emperador y las súplicas de Elena. "De aquí no vuelves a salir sin mis guardias, loca", mientras la abofeteaba. Iva entró, golpeó al emperador con una escultura, dejándolo aturdido. Ambas mujeres huyeron a tiempo. No contaba conque Iva era la hija de la antigua emperadora derrocada.

REENCARNACIONES
(TEORÍA 1)

Cuando desperté, ya había cumplido demasiados años. Eso era lo usual en mi nave intergaláctica, pero no en la Tierra, planeta al que me enviaron a estudiar culturas universales con mis madres. Ellas murieron al poco tiempo, pero la soledad nunca fue un problema, me entretuve jugando al esconder con mis palabras, en la oscuridad de mis ojos vacíos y con el eco de mis corazonadas. Tampoco me planteé la necesidad de relacionarme con los otros al despertar. Los terrícolas son demasiado predecibles, dados a las modas, a la histeria y a las epidemias. Prefiero estar sola, ya lo había estado después de la última pandemia humana, que no empezó en China como hicieron creer. El problema es que la mayoría de los habitantes del planeta se quedaron mudos. Sin embargo, mis voces, cada sílaba, danzan a través de mi sangre, en realidad son lo que me queda de sangre. Mi cielo oscuro fue por mucho tiempo una caricia de satín, pero mi sangre interplanetaria se infecta con la presencia humana, tan incómodamente contagiosa. Mis voces silencian paulatinamente, voy tornándome pequeñita, en un nuevo espacio más caliente y húmedo, como una cueva de aguas termales. Escucho un grito en el exterior que va violentamente expulsándome. Duele al ir saliendo por esa gruta angosta hasta ser agarradas. Mi llanto opaca las voces anteriores a una nueva vida primitiva y hambrienta de nuevas palabras. Abro los ojos, también las manos, a la luz ...

Cuando volví a despertar, acababa de ser parida.

Reencarnaciones
(Teoría 2)

Días después de mi segunda reencarnación terrícola, la mujer que me sostenía en brazos lucía pálida y envejecida. Mi cuerpo aún era muy pequeño para alcanzar el teletransportador escondido a falta de una voz sólida. Me alimento de esta mamá, succiono su sangre, sus palabras. La pandemia continuaba y ella envejecía un lustro por día, enmudeciendo mientras yo adquiría mi desarrollo humano y voz. A los dos meses, me despedí de su cadáver e incendié el hogar.

Me instalé en una escuela abandonada, donde me alimenté con algunos gatos y una pareja de ancianos que residían en el comedor. Él siempre callado, incluso cuando maté a su mujer. Observaba silente, mientras yo la bebía y comía. Tampoco se movió del comedor, dormía junto a los restos de su mujer y los gatos. Sonrió agradecido cuando me paré con un cuchillo sobre su pecho, cuchicheó *Mátame, niñita linda*. Cada palabra puede tener su propia voz, si escuchamos con cuidado su esencia. Yo vivía en la biblioteca, leyendo sobre los humanos y su extraña y simple mente. Ningún libro ni en el reveló para qué llegó a la Tierra, necesitaba ya otra mutación. También me entretenía mirando por la ventana al niño de la casa de enfrente. No dejaba de pensar en él. Escuché tres golpes mientras lo observaba, también me miraba por primera vez. Lo saludé con la mano. Corrí entusiasmada, demasiado humana, a la puerta.

Mi tercera mamá me tomó de la mano, "ven vamos a buscar a tu papá".

"EL VIRUS FUE PRODUCTIVO"
(TEORÍA 3)

A Luis Rodríguez Martínez

Arrojó contra la radio el plato que fregaba, ambos se rompieron. *Cabrón, ¿cómo que el virus fue productivo? Me cago en los chinos, en este gobierno y en mi cabrona novela.* El escritor estaba roto antes de la pandemia, intentaba terminar su tercer libro, pero se multiplicaban las cuentas por pagar, las mentiras gubernamentales, su hija por nacer, su esposa trabajando en ese estado, mientras él solo fregaba platos a falta de las palabras necesarias. Recordó la última vez que perdió la paciencia: aquella lluvia de pequeños coágulos entre los rotos del techo. Se repetía esa incomprensible hambre eterna a carne viva, su propia fragancia tan distinta. *¿Por qué el aroma de mi apetito es diferente a los demás?* Abrió los ojos. La ansiedad trazaba espirales en su piel. Era una soledad tan infinita como su hambre de carne, de palabras.

—¿Luisito, terminaste la trastera? —grita su madre desde el segundo piso.

El escritor se mira al espejo. *¿Qué carajo?* Luce como a sus cabrones catorce o quince años. Busca su celular para llamar a su esposa, pero antes de marcar se distrae observando, a través de la ventana, la escuela abandonada. Allí había a una niña moviendo las manos, saludándolo.

—¿Sacaste la basura?

Le contesta un ¡*voy*!, casi imperceptible. Al llegar a la puerta, *ese olor...* ¿a él mismo? lo embriagaba.

"Papi, te amo. Ya es hora, te toca renacer con nosotras". Su esposa y aquella preadolescente de la ventana lo toman de sus manos, desapareciendo juntos.

Reencarnaciones
(Teoría 4)

Después del estallido, renació la palabra; al segundo día, los planetas y las estrellas; luego, la vegetación junto a los cuerpos de agua y la vida animal no humana. Finalmente, el teletransportador logró descender en un nuevo mundo. Sus tres pasajeras hibernaron plácidamente, regestándose en el interior de una tibia y húmeda matriz, mientras viajaban a través de nuevas dimensiones desde la ya desaparecida Tierra, de la que tampoco eran oriundas. Por lo que al evaporarse y ser expulsadas, no pudieron más que llorar. A las horas, se alimentaron y descansaron antes de iniciar la misión. Ellas construirían nuevas *matrias* de gestación para repoblar el universo, a partir de sus códigos genéticos reconstruidos desde las distintas especies durante los ministerios del tiempo intergalácticos. Estas tres madres gestarían futuros desde la bondad y la solidaridad, ajenas a violencias y a los amores imaginarios. Las nuevas bebés comenzaron a nacer con sus capacidades plurilingüísticas desarrolladas, y a los dos o tres años, alcanzaban la adolescencia desenvolviéndose en distintas materias: tecnológicas unas, humanistas otras. Ya a los seis años se les adjudicaban sus misiones antes de reingresar a la matriz y renacer mediante la reencarnación en distintos planetas. Con este método, habían desaparecido: el concepto del terror, la memoria histórica anterior al estallido, las frustraciones y los vicios. Sin embargo, no contaban con que en la nave había otro pasajero, que por el tiempo transcurrido sin que se percataran de él terminó autorrencarnándose, hasta poder salir del teletransportador: el polizonte era un escritor.

La marejada de los muertos
(Teoría 5)

Cuenta una leyenda, que allá para el siglo XXI, los pescadores de una isla le revelaron a una poeta, que, si brincamos fuerte más allá de la última ola del amanecer, podremos viajar a nuestro origen. Aquí sentada junto a mi hija y a mi escritor, observamos las enormes olas diferentes en ritmo e intensidad. Presagian el reinicio de huracanes, terremotos, pandemias, gobiernos perversos. Luego del gran estallido, creímos que todo iba a ser mejor, pero fallamos. Nuestra naturaleza pluriespacial es idiota, debe ser el gen recesivo que nos queda de los humanos. La espuma salitrosa comienza a besar nuestros pies. Recuerdo cuando nos renacimos por tercera vez, intentamos repoblar el universo con la bondad como norte. Fracasamos. Dejamos que, con el tiempo, la epidemia de miedos y mezquindad infectara a la mayoría. Mi hija y mi escritor aceptan que sea yo quien tome la decisión. Quedamos nosotros. Irreversiblemente vamos olvidándonos del pasado, de nuestros errores; silentes, nos entendemos mirándonos a los ojos. La profecía se ha cumplido. Somos la santísima trinidad, el último apocalipsis. Mi escritor sigue escribiendo en su diario, mientras pierde los verbos y adjetivos; sus temblorosas manos expulsan las últimas historias que se nos quedaron en el camino. Mi hija nos toma de la mano. No todos los finales pueden ser abiertos y ya es hora. Nosotros, los últimos habitantes de este libro, nos arrojaremos a la marejada. Si alguien nos lee, quizá esté a tiempo de teletransportarse y huir, a nosotros se nos hizo tarde.

LAS HIJAS DEL MAR
(GÉNESIS SIN TEORÍAS)

> *Oh, they say that it's over*
> *We're lost children of the sea*
> —Ronnie James Dio

Después de brincar los últimos tres habitantes del planeta hacia la gran ola de la marejada de los muertos, temblaron las montañas del planeta desolado. Madre, hija y escritor reían abrazados. Se avecinaba un nuevo final, el frío arropaba todo. El mundo giraba vertiginosamente. Encerrados en una *matria* de mar suscitó que el sol comenzara a apagarse. Los sobrevivientes de otros planetas se ahogaban en el inmenso océano. Quienes llegaron tarde a la muerte se amarraban al borde del tiempo, pero el exceso de equipaje —casi todo robado a los desaparecidos— hizo que cediera el trocito de tierra donde se arremolinaron. Inevitablemente cayeron al abismo. El terremoto universal provocó que aquel hombre, que cavó un hoyo en la tierra para escapar, se liberara del polvo de estrellas y terminara fundiéndose en el éter. La oscuridad previa a la nueva gran explosión era inminente. "Mamá, tengo miedo, dile a papi escribidor, que todavía no es hora del nuevo universo, despierta, despiértalo, lleva demasiado sin escribir", los jamaqueó sacándolos del letargo de la *matria* horas antes de estallar. "Mira alrededor, esto no volverá a retoñar. Es el final de los tiempos. Escribe, por favor, escribe. No habrá más libros, ni recuerdos, ni renacimientos", suplicó la mamá a su escritor hasta que logró sacarlo del letargo. El escritor tomó tembloroso su libreta. Finalmente, volvió a amanecer, y la espuma del mar arropó la orilla liberando cientos de niñas que corrían por la playa jugando a un futuro por vivir.

Ana María Fuster Lavín, San Juan, Puerto Rico 1967. Graduada de la Universidad de Puerto Rico, Recinto de Río Piedras. Escritora, editora, correctora, redactora de textos escolares y columnista de prensa cultural. Ha recibido diversos premios en los géneros de ensayo, cuento y poesía, y ha sido jurado en otros. Sus escritos han sido publicados y traducidos al inglés, francés, portugués e italiano (como en la antología **Scommetto che madonna usa i Tampax**) e incluida en distintas antologías puertorriqueñas e internacionales. Fue invitada especial por Syracuse University, para ofrecer un recital bilingüe y publicado en su revista **Corresponding Voices**. Además, fue coeditora junto a Uberto Stabile de **(Per)versiones desde el paraíso,** *antología de poesía puertorriqueña de entresiglos* (Rev. Aullido, España, 2005). Su canal de YouTube es Mariposas Negras. Ha participado en lecturas y performance de narrativa y poesía en Puerto Rico, México, España, Estados Unidos y República Dominicana. Publicaciones de su autoría: Libros de cuentos: **Verdades caprichosas** (Ed. de autor, 2002), ganó premio del Instituto de Literatura Puertorriqueña; **Réquiem** (Ed. Isla Negra, 2005), recibió premio PEN Club Puerto Rico de ese año; **Leyendas de misterio** (Alfaguara Infantil de Editorial Santillana, 2006); **Bocetos de una ciudad silente** (Ed. Isla Negra, 2007). Poemarios: **El libro de las sombras** (Ed. Isla Negra, 2006), ganó el premio del Instituto de Literatura Puertorriqueña; **El cuerpo del delito** (Ed. Diosa Blanca, 2009); **El Eróscopo: daños colaterales de la poesía** (Ed. Isla Negra, 2010); **Tras la sombra de la Luna** (Ed. Casa de los Poetas, 2011); **Última estación, Necrópolis** (Ed. Aguadulce, 2018), y **Al otro lado, el puente** (Ed. Isla Negra, 2018). Novelas: **(In)somnio** (Ed. Isla Negra, 2012), y **Mariposas negras** (Ed. Isla Negra, 2016).

Libros de Microcuentos: **Carnaval de sangre** (Ed. EDP University, 2015); **[Cuestión de género], Carnaval de sangre 2** (Ed. EDP University, 2019), y **La marejada de los muertos y otras pandemias** (Eds. Sangrefría, 2020).

También de Ediciones Sangrefría

Tragedias ejemplares:
antología de horror cotidiano

Cuentos para el aislamiento:
antología solidaria

Obsesión o la farsa de Julián Solevan
Luis Rodríguez Martínez

Crónica de una trastera invencible
Luis Rodríguez Martínez

Zapatos colgantes
Luis Rodríguez Martínez

Misantropía
Patrick Oneill

Poemas para matarse mañana
Patrick Oneill

Querosén
Omar Palermo-Torres

Half-dust
Yamil Maldonado Pérez

Made in the USA
Columbia, SC
17 June 2025